瓶詰地獄

夢野久作 + ホノジロトヲジ

首次發表於「獵奇」1928年10月

夢野久作

明治22年（1889年）生於福岡縣。慶應義塾大學肄業。曾從事過各種工作，於37歲發表「妖鼓」。主要著作有『腦髓地獄』、『少女地獄』等作品。

繪師・ホノジロトヲジ（仄白）

2015年起以自由接案的插畫師身分活躍著。從事角色設計、插畫、漫畫等工作。已推出作品集『しろしろじろ』。

拜呈　敬祝閣下近來日益健康榮盛，在此獻上祝賀。如題，據先前之通報，應是研究潮流所使用、紅臘封口的啤酒瓶，為一經拾獲需立刻送交之物，此事已向全體島民知會之際，至日前，位於本島南岸，如同包裹中的附件，發現了以樹脂封臘的漂流啤酒瓶共三隻，遂提出申請，等候處理。這些啤酒瓶，落在距離大約半里，甚至，距離一里遠的位置，有埋入沙堆中的、也有卡在岩縫間的，可能是很早以前就漂流至此的，而瓶中之物，正如所示，看起來並不像官方文件，而是雜事筆記的碎片，漂流的時間則已不得而知，無從記錄。然而，也許仍有參考價值，在此將這三隻瓶子原封不動，以村費支付寄出呈交，希望收到後妥善保存，並給予寶貴意見　謹致

××島村役場㊞

月　日

海洋研究所　御中

DOGRAMAGRA
BEER

◇第一瓶的內容

啊啊……這座離島，終於有救難船抵達了。

從兩根巨大煙囪的船上，兩艘小艇降下於駭浪之間。夾雜在船上觀望的人群中，我想確實是看得到我們的父親與母親、那懷念不已的身影。而且……哦……對著我們而來、揮舞著白手帕的景象，從這裡可以看得一清二楚。

父親與母親一定是看過了我們一開始送出去的瓶中信，才會來救我們的。

從巨大的船上冒出白煙，現在去救你們了……彷彿這麼說著，聽得見極為高亢的鳴笛聲靠近了。那聲音，使這座小島上的鳥類、蟲類一下子飛上天空，消失在遠方的海中。

然而，對我們兩人來說，那卻是比最後審判日的號角更恐怖的聲響。在我們的面前，彷彿天崩地裂，神之目光與地獄之火，在一瞬間閃然爆發。

啊啊。手顫心慌，無法下筆。淚眼模糊。

我們兩人，現在要登向面對那艘大船的高崖之上，父親、母親、前來相救的水手們，像是清晰可見。我們將緊擁彼此，投身深淵死去。這麼一來，正在那兒游動的鯊魚，片刻之間，就會將我們吞食殆盡。那麼，在此之後，裝了這封信、漂浮在海上的酒瓶一隻，應該會由搭著小艇的人們發現、拾獲吧！

啊啊。父親。母親。對不起。對不起對不起對不起。就當作你們鍾愛的兒女一開始就不曾存在，請死心斷念吧。

還有，遠自故鄉特地前來營救我們的大家，對於各位的善意，做出這種事的我們，感到非常非常地抱歉。在此深切懇求原諒。

此外，回到父親與母親的懷抱、重返人類的世界，在喜悅的時刻來臨之際，卻不得不選擇死亡，對於我們的不幸命運，還請寄予憐憫。

我們如果沒有這樣懲罰我們的肉體與靈魂，是無法贖罪的。這是在這座離島上，我們兩人所犯下的、極為駭人的邪惡之報應。請寬恕我們無比誠摯的懺悔。除了成為鯊魚的犧牲品之外，我們兩人毫無價值，只因為愚蠢至極……。

啊啊。永別了。

是神是人都拯救不了

可悲的兩人　敬上

父親

母親

大家

◇第二瓶的內容

啊啊。無所不知的神啊。

能夠將我從這番苦難中拯救的方法，除了死亡之外，難道真的別無他法嗎？

在我們叫做「神之足凳」的那處高崖，我獨自一人攀登其上，總是有兩三隻鯊魚在那處無底的深淵之中游動，至今我已不知窺視了多少次。而，立刻從那躍身而下的念頭，至今也不知出現了多少次。然而，每次只要想起那令人憐愛的彩子，我就會一面猶如魂飛魄散般、深沉地嘆息，一面從岩角上走下來。一旦我死了，在那之後，想必彩子應該也會跟著躍身而下吧，對此我確信不疑。

＊

在那艘小艇上，陪同的保母夫婦、船長先生、司機先生遭到浪濤吞沒，而我與彩子兩人漂流到這座小小的離島，已經不知道多少年了。這座島常年如夏，聖誕也好、新年也好，完全無法分辨，但我想大概經過十年了吧。

那時，我們所帶的東西，只有一枝鉛筆、小刀、一本筆記本、一支放大鏡、和三隻盛水的酒瓶，以及一本小小的新約聖經……就只有這些。

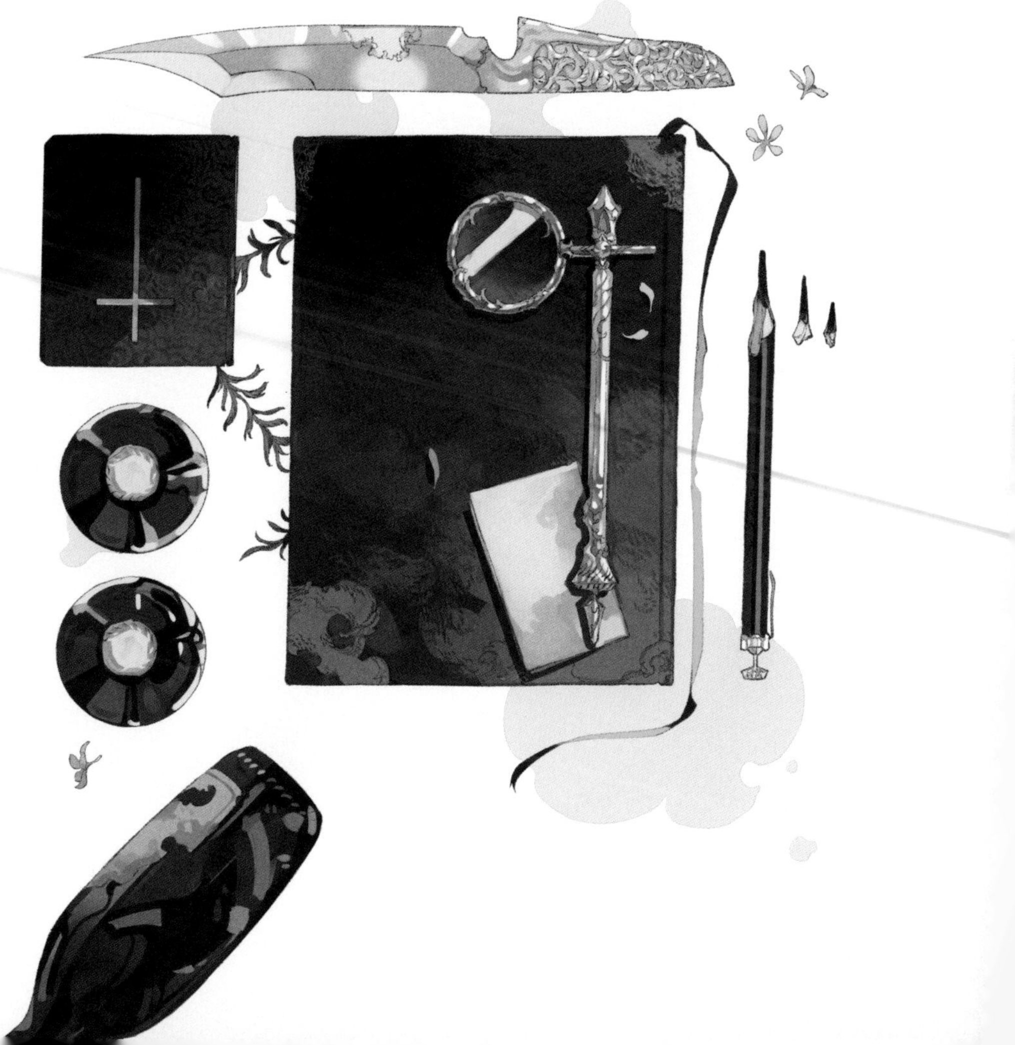

但是，我們非常幸福。

在這座綠意盎然、欣欣向榮的小島上，除了罕見的巨蟻以外，會騷擾我們的鳥類、獸類、昆蟲，就連一隻也沒有。而且，對當時十一歲的我、剛滿七歲的彩子來說，到處都是豐饒的食物。這裡有九官鳥、鸚鵡、只能在繪畫中才看得到的極樂鳥，前所未見、前所未聞的華麗蝴蝶。美味的椰果、鳳梨、香蕉，以及紅色、紫色的大型花卉，充滿香氣的草類，還有大的、小的鳥蛋，一年四季，到處都有。鳥類、魚類，只要以樹枝獵捕，可說是取之不盡。

我們集中食物，用放大鏡以日照燃燒枯草，點燃漂流木，燒烤而食。

後來，由於在小島東邊的海角與岩塊之間，發現了只在退潮時湧出的清泉，因此在鄰近沙灘的岩石之間，以損壞的船板搭了一間小屋，搜集柔軟的枯草，讓我與彩子兩人能夠就寢。接著，在小屋旁的岩石側面上，以船板的舊釘挖掘出一個四角形，做了一個小小的倉庫。完成後，外衣也好、內衣也好，都因為雨水、強風、岩角而破損了，我們兩人都像真正的野蠻人那樣裸體，但每到早晨與夜晚，我們兩人必然會登上「神之足凳」的高崖，閱讀聖經，為父親母親祈禱。

從那以後，我們將寫給父親、母親的信裝入珍惜的酒瓶裡的其中一隻，牢牢地用樹脂封住，在兩人不停親吻許多次以後才投入海中。那隻酒瓶，在這座島的周邊環繞，被潮汐帶走，順流往大海的遠方而去，不會再漂回這座島了。

接著，為了讓救難者容易識別，我們登上「神之足凳」的最高點，豎起一根長樹枝，無時無刻掛著青綠的樹葉。

我們偶爾會吵架。不過，很快就會和好，開始玩「上學去」或做其他事了。我常把彩子當成學生，教她讀經、寫字。然後，我們兩人會把聖經想成天神、父親、母親、老師，比放大鏡、酒瓶更加珍惜，安放在岩洞裡最高的架子上。我們真是幸福、平安。這座島彷彿天國。

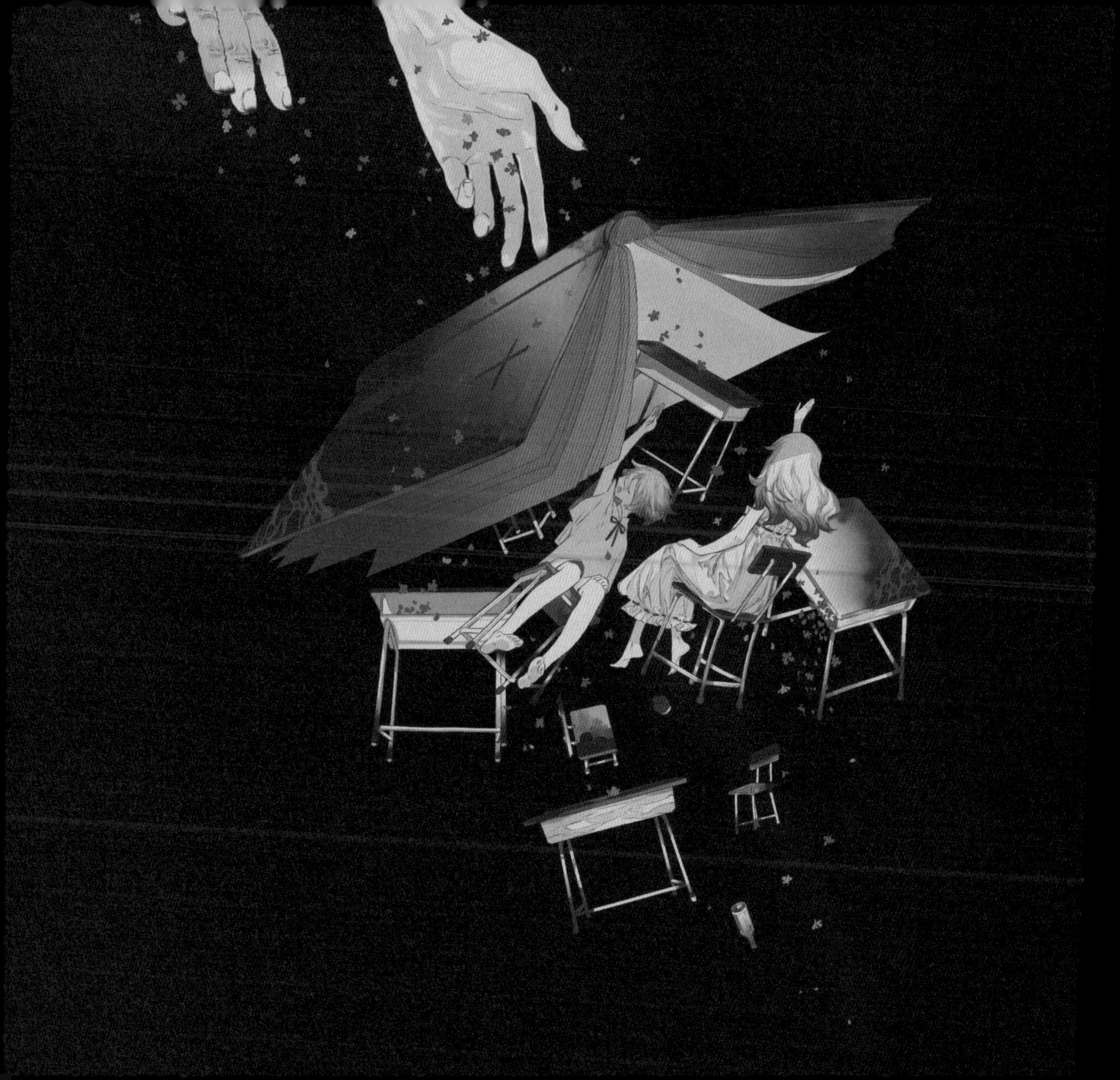

＊

在這樣一座孤島上，在唯有兩人的幸福中，未曾想到恐怖的惡魔卻悄然而來。

然而，惡魔一定是真的悄然而來了。

不知道是從什麼時候開始的，但隨著時光的流逝，彩子的肉體宛如奇蹟般美麗、嬌豔地逐漸成長，翩然映入我的眼中。有時候，就像花精般炫目，有時候，就像惡魔般誘人……於是，當我看著她，不知為何心情就會變得愈來愈陰沉、哀傷。

「哥哥……」

彩子一面叫喚，純潔無瑕的眼神閃耀著，朝我的肩膀撲上來，我清晰地感覺到，我的胸口有一股前所未有的異樣情緒正在躍動。如此反覆再三，使我的內心逐漸產生了沉淪的苦惱，備感恐懼、戰慄。

DEVIL
GOD

不過，彩子不知何時，態度也有所轉變。果然跟我相同，如今已經完全不一樣了……她以更加眷戀不捨、淚光盈眶的視線看著我。而從她視線中，我不由得地感受到，當她無意間碰觸到我的身體時，那羞愧、悲傷的情緒。

我們兩人不再吵架了。取而代之的，是難以形容的愁顏、暗自出現的嘆息。在唯有兩人的孤島上，無法以言語描述地，我們變得更煩惱、更愉快、更寂寞了。不僅如此，當我們互相對望著彼此的臉龐，愈看愈能看見眼神中宛如死蔭般變得晦暗。不知道這是天神的啟示、還是惡魔的戲弄，胸口激動作響，這無可閃躲的提醒，每天有增無減。

我們兩人，就這樣互相愈來愈瞭解，但卻害怕神的懲罰，一直說不出口。萬一，做了那種事以後，救難船來了怎麼辦……我們對此擔心不已，即使什麼都沒說，但彼此的心意相通，已經再明顯不過了。

可是，在某個寧靜、晴朗的午後，我們吃完烤海龜蛋以後，兩人在廣大的沙地上奔跑，遠眺著在遠方海面上飄移的白雲時，彩子卻忽然這麼說。

「欸。哥哥。我們兩個其中如果有一個人病死的話，以後該怎麼辦呢？」

這麼說著的彩子，臉蛋泛紅低垂，淚水滴落在炙熱的沙上，不知道該說什麼般地，以悲傷的笑容面對我。

*

那時，我不知自己作何表情。只像是瀕死前的窒息，胸口的鼓動轟然欲裂，無言以對地站起身來，慢慢地從彩子的身邊離去。

接著，來到「神之足凳」上，反覆地抱著頭，屈身跪地叩拜。

「啊啊。天上的神啊。

彩子她一無所知。所以，才會對我說那樣的話。拜託，請別懲罰那無瑕的少女。請永遠守護她的純潔。那麼我也……。

啊啊。可是……可是……。

神啊。我該怎麼做才對？無論如何，從這個苦難中拯救我們吧。我的存在，只會讓彩子面臨這無以復加的罪惡。然而，如果我死了，將會給予彩子更深沉的悲哀、痛苦，啊啊，我到底該怎麼辦……。

神啊……。

我的頭髮沾滿了沙，我的腹部承受岩石的壓迫。如果我的求死願望能獲得神的旨意，請現在就將我的生命，獻給焚燒一切的閃電吧。

啊啊。無所不知的神啊。請讓我膜拜祢的聖名。彰顯祢的神蹟吧……」

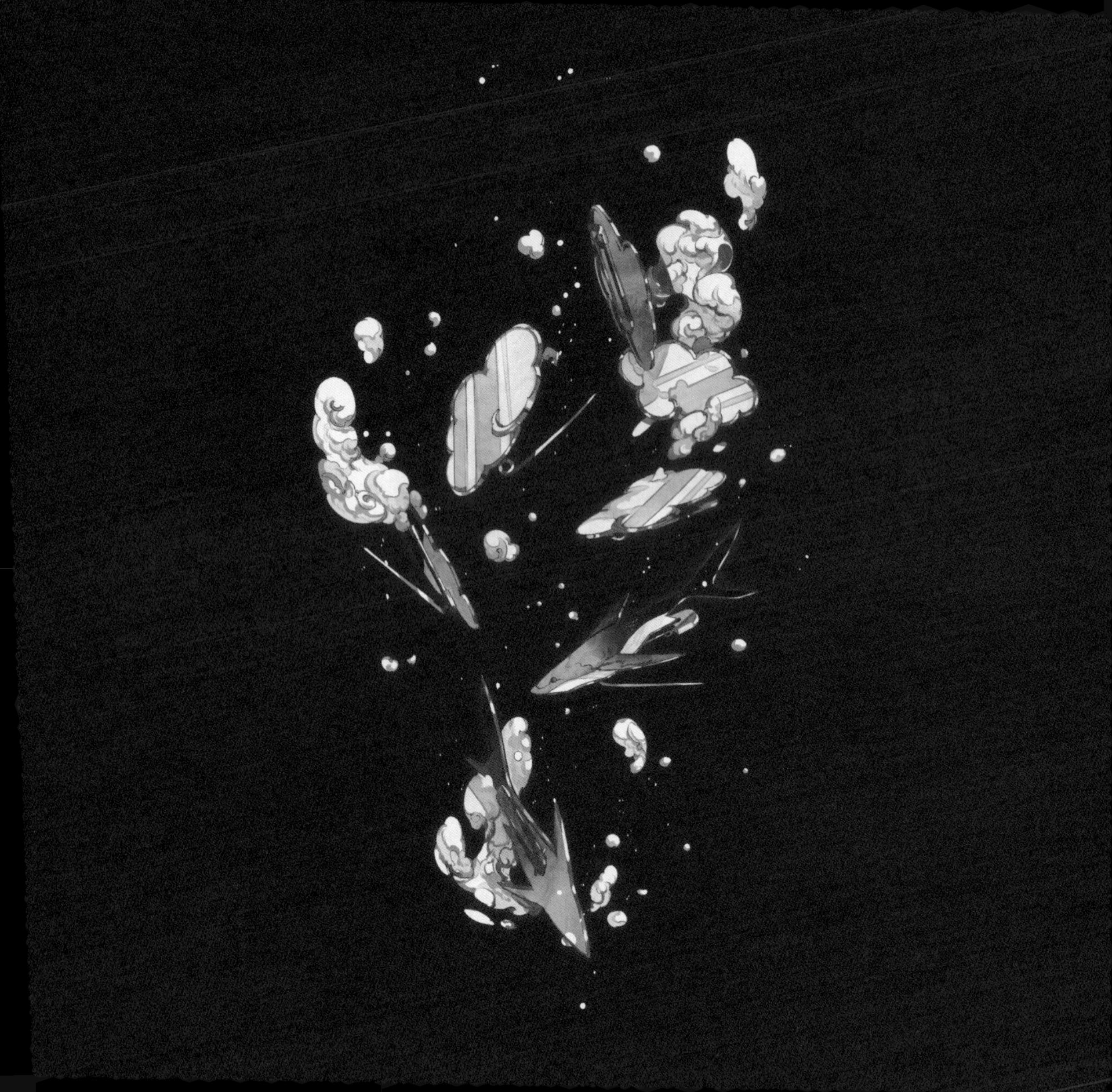

然而，天神並未降下任何指示。在藍色的天空中，只有透著白色光芒的雲，猶如絲線地流動著……在懸崖之下，純白色隨著漩渦起伏的波浪之間，只偶爾看得見正在嬉戲著的鯊魚尾鰭與背鰭。

就在我總是凝視著那清澈、無底的深淵之際，我的眼前，一時天旋地轉，開始感到暈眩。我不由自主地腳步踉蹌，差一點就會墜入漂流破碎的波浪泡沫之中，所幸及時在懸崖的邊緣停住腳步。……瞬時之間，我躍回懸崖的最高處。我一口氣拉下立在頂端的長樹枝、以及纏繞在尖端的椰樹枯葉，投入眼底的深淵中。

「已經無所謂了。這樣放著，救難船即使來了也會視而不見地經過吧。」

我這麼想著，不禁嘲諷似地哈哈笑著，像一頭狼般衝下山崖，奔進小屋後，拿起翻至詩篇處的聖經，放在烤過海龜蛋的餘燼上，丟進枯草讓火焰再次燃起。接著我放聲大叫，呼喚著彩子的名字，朝沙灘方向奔去，環顧了四周……。

只見彩子跪在向遠方海中突起的海角巨岩之上，仰望天空彷彿祈禱著什麼。

*

我往後退了幾步，感到目眩神迷。在駭浪拍擊侵襲的紫色巨岩上，是在夕陽照耀下散發著血色般光采、那少女背影的神聖莊嚴……。

漸漸地，潮汐高漲而來，不知不覺間膝下的海藻載浮載沉地漂流著，沐浴在金黃色的浪瀑之中，全心全意地祈念著、那身影的崇高……炫目……。

我的身體猶如岩石般固結，片刻之間，只是出神凝視。然而，於此同時，我忽然察覺到彩子的決心，立即飛奔向前。我拼命狂奔，在滿是貝殼的岩石上，變得傷痕累累，跌落在海角的巨岩上，向上攀爬。我以兩手緊擁著猶如瘋子般狂暴、又哭又喊的彩子，全身染血、費盡力氣地拉著她，終於回到了小屋。

然而，我們的小屋已經不見了。與聖經、枯草一起，化作白煙，往青空的遠方消失於無形。

*

後來，我們兩人無論肉體也好、靈魂也好，就這樣被放逐於徹底的幽暗之中。不分晝夜，只有哀傷、只有悔恨。接著，就連相擁、安慰、鼓勵、祈禱、互憐之事都遙不可及，同寢而眠更是萬萬做不到了。

這大概就是我燒毀聖經的懲罰吧。

一入夜，星光、浪聲、蟲鳴、吹拂葉間的風、落地的果實聲，每一種都化為讀經的耳語，像是將我們兩人包圍，並一步步逼近襲來。於是我們不敢妄動、無法入睡，而彼此漸行漸遠般、充滿苦悶的心，像是遭到這些聲音的監視般令人恐懼。

就這樣歷經十分漫長的黑夜，接下來，同樣十分漫長的白日來臨。於是，這座島上閃耀的陽光、歌唱的鸚鵡、跳舞的極樂鳥、吉丁蟲、飛蛾、椰子、鳳梨、花色、草香、海洋、雲朵、清風、彩虹，全都與彩子令人炫目的身影、令人屏息的體香融合，如同漩渦般不停地旋轉、散發光采，彷彿從四面八方襲來，將我包抄圍剿。而在其中，與我同樣痛苦、動彈不得的彩子，在她苦惱的眼神中，分別深藏著天神般的悲憐與惡魔般的笑意，持續不斷地凝視著我。

鉛筆即將用盡，沒辦法再寫得更長了。

我想將我們心靈上受到的凌虐與迫害，還有恐懼上帝懲罰的真實心境，封存在這隻瓶中，投入大海裡。

希望明天也不會發生屈服於惡魔誘惑的事情……。

至少讓我們兩人的肉體之間能夠保有純潔……。

＊

*

啊啊、神啊……我們兩人即使承受譴責，也仍然毫無病痛、日漸豐腴、身強體健、美麗地長大成人。讓這座島嶼的清風、淨水、豐饒的食物，以及美麗、喜悅的花與鳥守護……。

啊啊。多麼恐怖的折磨！這座美麗、愉悅的島嶼完全是地獄。
神啊，神啊。祢為什麼不直接殺了我們兩人呢……。

——太郎筆……

◇第三瓶的内容

父親。母親。我們兄妹、相親相愛、充滿活力、住在島上。快點、來救、我們。

市川　太郎
市川　彩子

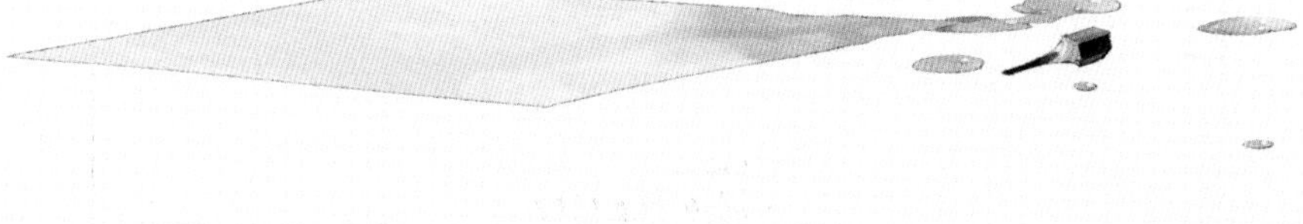

＊本書之中，雖然包含以今日觀點而言恐為歧視用語或不適切的表現方式，但考慮到原著的歷史背景，予以原貌呈現。

譯註

【瓶詰地獄】題名有「瓶裝的地獄」、「塞滿瓶子的地獄」等含意。

第6頁

【最後審判日的號角】〔最後の審判の日の篴〕根據《新約聖經》最後一篇作品〈啟示錄〉裡所提到的末日災難預言中，在第八至十章描述了末世來臨時發生的「七年災難」，共分為「七印」、「七號」及「七碗」三階段的末日審判。其中的「七號」審判，是七名天使陸續吹響號角，隨而出現天降冰雹及雷電、海水化為鮮血、彗星墜落、日月無光、火煙蔽空、四名墮天使大開殺戒等異象，最終，將導致世界上三分之一的人口滅亡。

第8頁

【鯊魚】〔フカ〕日文中的鮫（サメ）與鱶（フカ）均指鯊魚。鱶是關西、四國、九州的稱呼，夢野出身福岡，因此以鱶稱之。另有一種說法是，鱶的體型大於鮫、棲息在比鮫更深的海底。

第15頁

【足凳】有矮凳、腳踏墊的意思。依前後文描述，應指墊腳用之矮凳。

第19頁

【極樂鳥】〔極楽鳥〕雀形目極樂鳥科的鳥類總稱，共有四十餘種，又名天堂鳥、風鳥，分布於澳洲、新幾內亞等熱帶地區。雄鳥色彩豔麗，雌鳥為褐色。

第26頁

【上學去】〔学校ゴッコ〕扮演老師、學生，模仿上課過程的兒童遊戲。

第28頁

【花精】〔花の精〕背部有形似蝴蝶之翼、自花朵中誕生的小精靈。由於20世紀兒童文學家西瑟莉・瑪麗・巴克（Cicely Mary Barker）所著的《花仙子》（Flower Fairies）一系列繪本而廣為人知。

第42頁

【詩篇】聖經中的歌集與禱文，輯錄於《舊約聖經》，共一百五十首。不過，文中描述主角只攜帶了《新約聖經》，此處應該是指《新約聖經》中〈希伯來書〉前兩章的引用。

第52頁

【吉丁蟲】〔玉虫〕鞘翅目吉丁蟲科，甲殼以綠色為底，擁有繽紛的金屬光澤，又稱玉蟲。主要棲地為熱帶地區，幼蟲以蛀蝕木材為食。全世界已知的吉丁蟲超過一萬五千種，台灣已知有一百七十五種。

第60頁

【兄妹】〔兄ダイ〕日文中的兄弟（きょうだい）意思與中文相同，但亦可用於不分性別的兄弟姐妹。循其繪本內容，我將本作裡的「アヤコ」譯為彩子，此處順應中文之意譯為「兄妹」。然而，由於本作相當晦澀難解，作者又刻意將「弟」寫為片假名「ダイ」，疑似有多種解釋，可能暗示了寫信人尚且年幼，還沒有學會「弟」的漢字寫法；另有一種更奇妙的解釋，是「アヤコ」並非其妹，而是其弟，使故事不單指涉近親相姦，甚至包含了性別認知錯亂，或是兄弟間同性愛的情節。

解說

伊甸園的惡夢／既晴

I

「變格推理」一詞，是1925年由推理作家甲賀三郎所提出的用語，以區分「藉由論理手段來解決謎團」的「本格推理」。

相對於聚焦在邏輯演繹、使真相水落石出的本格推理，變格推理更傾向刻劃謎團自身所呈現的幻想、怪奇、恐怖、情色等殊異性，擁有更寬廣的創作自由度，而獲得諸多日本早期推理作家的青睞，其中，又以夢野久作最具代表性，為變格推理作家的第一人。

夢野久作出身福岡，筆名來自於九州方言，意指「成天作著白日夢的怪人」。1926年，他以短篇〈妖鼓〉參加《新青年》雜誌的小說徵選，獲得二等獎（一等獎從缺）。這篇作品的靈感，來自夢野的一次經驗。關東大地震後某個秋天，他曾因緣際會聽說一位寡婦收藏了一具美麗的「能面」，於是，他發揮想像力，將「能面」改為「古鼓」，虛構了一件藝術作品、一名藝術家所引發的人間悲劇。

不過，作中的敘事者，並非遵循本格推理的原則，以科學手段來破解古鼓的詛咒之謎，而是在探究詛咒之謎的過程當中，自身卻逐漸被捲入古鼓作祟的妖異預言，無法逃脫，確立了變格推理的路線。同時，夢野也奠定了他善於揉合巷議街談、口述記憶、異常畸戀等元素、以呈現其宿命美學的獨特創作風格。

1928年6月，夢野與關西「偵探興趣會」的作家們，合辦了推理雜誌《獵奇》——題名即為夢野長年創作、主題奇異的短歌《獵奇歌》，一生共創作四百多首——和關東的《新青年》分庭抗禮，成為關西推理作家們創作、評論、隨筆、翻譯的發表舞台。夢野投入《獵奇》的經營，本作〈瓶詰地獄〉即為其中之一。

〈瓶詰地獄〉沿襲了〈妖鼓〉的宿命美學，用字遣詞不但俐落精簡，又富含深沉的感性，並巧妙地利用書信體的格式，卻能同時嚴密地遵循推理的結構，篇幅極短、技巧洗練，是夢野公認的傑作。

此外，〈瓶詰地獄〉也是一篇內容複雜、難解的故事。

全作由一份公函、三封瓶中信構成。首先，公函交代了瓶中信的背景，第一封信提及，長年生活在孤島的一對兄妹，終於盼到救難船來臨之際，但兩人卻決定跳崖自殺，這是故事的「不可解之謎」，第二封信，回顧他們在島上的生活細節，第三封信再向前追溯，以他們漂流倖存的處境作結，構成了時序逆向的倒敘配置。

然而，一旦檢視、比對各信內文，則會發現字裡行間暗藏矛盾，細節違反常理。但，若是想試著梳理線索，反而將踏入邏輯的圈套，愈陷愈深，無法逃脫，最終，找不到合理的解釋，而這樣的安排，究竟是作者的失誤？還是作者的意圖？仍然不得而知。

也許可以這麼說——在閱讀的過程中，逐漸自縛於人類理智的天性，終至動彈不得，墜入漩渦般的思考陷阱，正是夢野文學的魅力。

II

關於謎團，〈瓶詰地獄〉中充滿理智與情感的衝突，其實也代表了夢野的創作觀。

以〈妖鼓〉得獎後，夢野自承，他是以寫推理小說的心態在寫一般小說，自覺心態上對推理小說有一種冒犯。妄想下的產物，卻被評審肯定是推理小說，也與自己的設想大相逕庭。

夢野曾說，自己寫不出本格推理。在隨筆〈偵探小說的真使命〉中，夢野提及：「偵探小說的真價值，在於詭計。懸於謎團的趣味。以這種趣味，牽引讀者的興趣直到最後，並給予意外性解決的滿足感，是偵探小說獨一無二的神聖本領。」他肯定，偵探小說以謎團做為包裝，呈現了人類的欲求與騷動。此處的偵探小說，指的是本格推理。

另一方面，異色、怪誕、無稽、幽默等謎團以外的元素，被視為偵探小說的非主流，歸類在「變格」。冒險、神秘、怪奇、變態心理，是屬於偵探小說的旁門左道。但也正因為如此，他認為偵探小說無法成為藝術。

他在文中疾呼，偵探小說的使命，必須承認變格的價值。謎團、詭計、名偵探、名犯人，如果沒必要，不妨捨棄。光譜上只有七色光是不夠的，紅外線、紫外線自不待言，甚至致命的暗黑光線，也有檢視人性善惡的價值。

〈瓶詰地獄〉裡所描寫的孤島，食物豐饒、氣候宜人，遠離塵世的紛擾，身邊有最親密的家人相伴。然而，在《聖經》的良知束縛下，樂園不再是天堂，竟成了無法逃脫的地獄。以現代的觀點而言，當社會文明日益進步，的確減少了肉體的勞動，使精神活動得以更加活躍，但是，精神活躍的結果，卻反而導致人類更自覺於社會文明對精神活動的箝制——伊甸園裡賦予智慧的蘋果，又何嘗不是如此？

事實上，夢野所確立的變格推理，對日後的日本娛樂文化形成了廣泛的莫大影響。無論是漫畫、動畫、電玩遊戲、網路留言等各種型態的創作，比起外在的現實處境，更偏重內在的精神世界。精神世界裡的異想、妄念、混沌、無秩序、不可解、反道德，才是人類心靈的真面目。

夢野的文學創作，是絕對的精神主義。我們當然可以去檢討三封瓶中信的排列順序、去探究鉛筆什麼時候用完、去質疑瓶中信在被拾獲前，兄妹的雙親為何會在救難船上……但夢野真正想說的，也許只是殘酷的美麗而已。

解說者簡介／既晴

推理、恐怖小說家。現居新竹。創作之餘，愛好研究推理文學史，有推理評論百餘篇，內容廣涉各國推理小說導讀、推理流派分析、推理創作理論等。

TITLE

瓶詰地獄

STAFF

出版	瑞昇文化事業股份有限公司
作者	夢野久作
繪師	ホノジロトヲジ
譯者	既晴
總編輯	郭湘齡
責任編輯	徐承義
文字編輯	蕭妤秦　張聿雯
美術編輯	許菩真
排版	許菩真
製版	明宏彩色照相製版有限公司
印刷	龍岡數位文化股份有限公司
法律顧問	立勤國際法律事務所　黃沛聲律師
戶名	瑞昇文化事業股份有限公司
劃撥帳號	19598343
地址	新北市中和區景平路464巷2弄1-4號
電話	(02)2945-3191
傳真	(02)2945-3190
網址	www.rising-books.com.tw
Mail	deepblue@rising-books.com.tw
初版日期	2020年12月
定價	400元

譯者

既晴

民國64年（1975年）生於高雄。畢業於交通大學，現職為IC設計工程師。曾以〈考前計劃〉出道，長篇《請把門鎖好》獲第四屆皇冠大眾小說獎首獎。主要作品有長篇《魔法妄想症》、《網路凶鄰》，短篇集《感應》、《城境之雨》等。譯作有「少女的書架系列」《與押繪一同旅行的男子》、《瓶詰地獄》、《夜長姬與耳男》。影視製作作品有「公共電視人生劇展」《沉默之槍》。

國家圖書館出版品預行編目資料

瓶詰地獄 / 夢野久作作；ホノジロトヲジ繪；既晴譯. -- 初版. -- 新北市：瑞昇文化事業股份有限公司, 2020.12
72面；　18.2x16.4公分

ISBN 978-986-401-455-2(精裝)

861.57　　109018396